CUENTO DE LUZ

A mis dos hermanos: el mayor, y el mediano.

— Roberto Aliaga —

La llavecita dorada

© 2015 del texto: Roberto Aliaga
© 2015 de las ilustraciones: Dani Padrón
© 2015 Cuento de Luz SL
Calle Claveles, 10 | Urb. Monteclaro | Pozuelo de Alarcón | 28223 | Madrid | Spain
www.cuentodeluz.com

ISBN: 978-84-16078-62-2

Impreso en China por Shanghai Chenxi Printing Co., Ltd. julio 2015, tirada número 1526-3

FSC
www.fsc.org
MIXTO
Papel procedente de
fuentes responsables
FSC® C007923

LA LLAVECITA DORADA

ROBERTO ALIAGA   DANI PADRÓN

Una mañana de sábado, después de lavarse
los ojos y tomar el desayuno, los hermanos
Ratón salieron en busca de aventuras.

Iban los tres muy risueños: el mayor,
el mediano y el pequeño.

—Yo quiero buscar manzanas —dijo uno.
—Y yo amapolas —dijo otro.
—Pues yo… —exclamó el más pequeño—,
¡yo quiero ese trocito de sol que se ha
caído al suelo!

Era cierto. Más allá, junto al borde
del sendero, se veía un reflejo.
Pero no era un pedazo de sol.
¡Qué decepción!

Era una llave.
Una llavecita dorada;
tal que así.

Y con ella, ¿qué se podría abrir?

—¡Ya lo tengo! ¡Ya lo tengo!
—gritó el ratón más pequeño—.
Es dorada, como el oro.
Seguro que es la llave...
¡del cofre de un tesoro!

Sus hermanos, con vehemencia,
le aplaudieron la ocurrencia.
Y los tres, al momento, se pusieron
a hacer agujeros.

Encontraron un cofre
viejo y pesado, pero...,
por más que lo intentaron,
la llavecita dorada
no abría el candado.

—¡Ya lo tengo! ¡Ya lo tengo! —gritó
el ratón mediano—.
Es una llave muy vieja.
Seguro que abrirá...
¡un castillo medieval!

Sus hermanos, con vehemencia, le aplaudieron la ocurrencia.
Y los tres, al momento, se subieron de un salto
al árbol más alto.

Divisaron un castillo y corrieron hasta él, pero...
su cerradura era tan grande que,
de haberla probado,
se habría comido la llave de un bocado.

—¡Ya lo tengo! ¡Ya lo tengo!
—gritó el ratón mayor—.
Tiene dibujada una sonrisa.
Mirad. Porque es la llave...
¡de la felicidad!

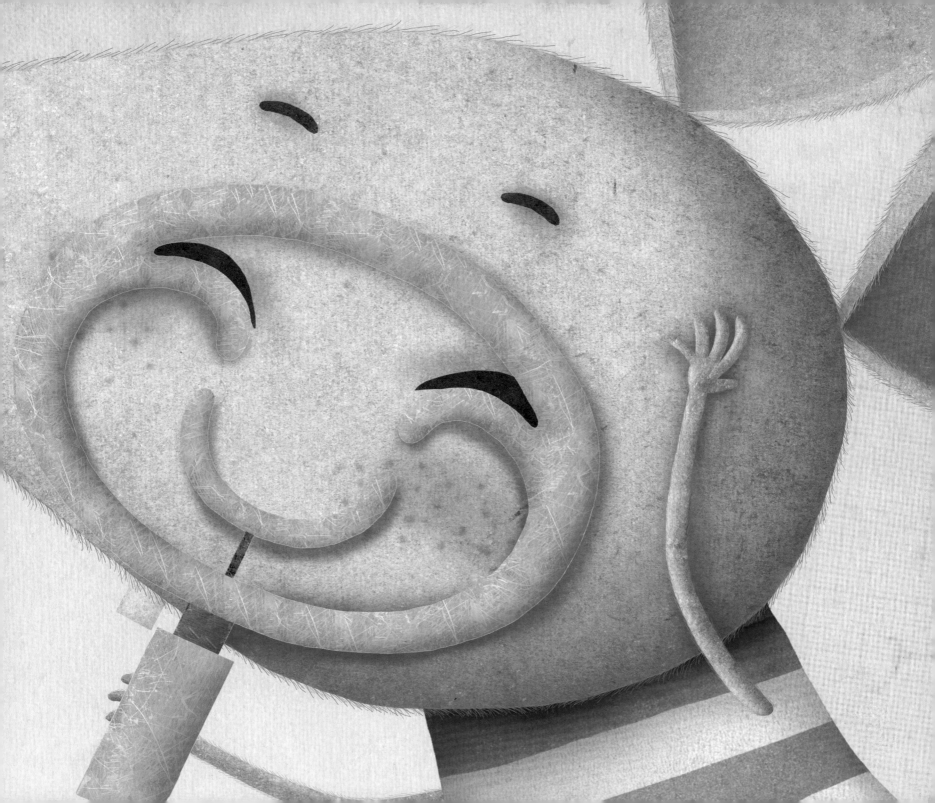

Sus hermanos, con vehemencia,
le aplaudieron la ocurrencia.
Pero... la felicidad...
¿dónde se buscaba,
para ver si la llave encajaba?

Como ninguno de los ratones daba con la solución, decidieron regresar a casa para preguntarle a un mayor.

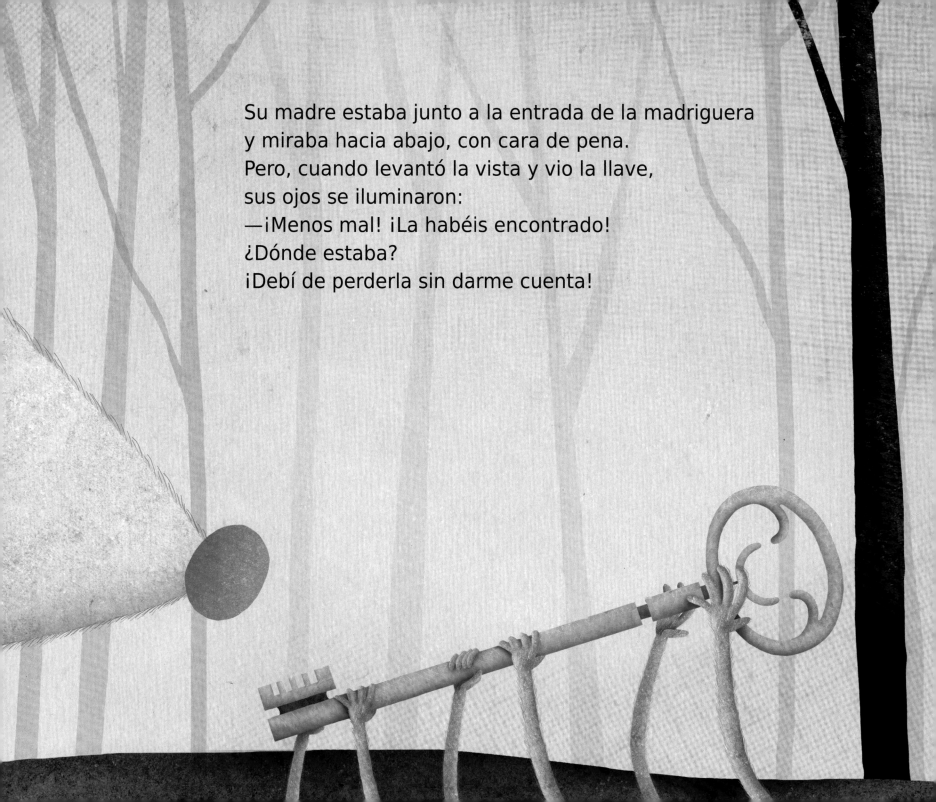

Su madre estaba junto a la entrada de la madriguera
y miraba hacia abajo, con cara de pena.
Pero, cuando levantó la vista y vio la llave,
sus ojos se iluminaron:
—¡Menos mal! ¡La habéis encontrado!
¿Dónde estaba?
¡Debí de perderla sin darme cuenta!

Mamá tomó la llavecita dorada y,
con ella, abrió la puerta de la madriguera.
Una madriguera llena de tesoros…
Casi tan grande como un castillo…
Y en la que, nada más entrar,
se respiraba felicidad.